누군가 먹고 싶은 오후

도서출판
작가마을

사이펀의 시인 4
누군가 먹고 싶은 오후

초판인쇄 | 2019년 11월 10일
초판발행 | 2019년 11월 15일

지 은 이 | 김뱅상
기　　획 | 계간 사이펀
주　　간 | 배재경
펴 낸 이 | 배재도
펴 낸 곳 | 도서출판 작가마을
등　　록 | 2002년 8월 29일제 2002-000012호
주　　소 | 부산광역시 중구 대청로 141번길 15-1 대륙빌딩 301호
　　　　　 T. 051248-4145, 2598   F. 051248-0723   E. seepoet@hanmail.net

ISBN 979-11-5606-132-8   03810   정가 10,000원

※ 이 도서의 국립중앙도서관 출판예정도서목록CIP은 서지정보유통지원시스템 홈페이지
　 (http://seoji.nl.go.kr)와 국가자료공동목록시스템(http://www.nl.go.kr/kolisnet)에서
　 이용하실 수 있습니다. (CIP제어번호 : CIP2019042462)

울산광역시　　울산문화재단

본 도서는 울산문화재단 2019 책발간 지원사업의 일환으로 발간되었습니다.

사이펀의 시인 ④

누군가 먹고 싶은 오후

김뱅상 시집

알로카시아 잎 뒤에 네발나비번데기

정오를 자르고 있다

지푸라기처럼 매달려 조금씩 움직인다

흔들리는 번데기를 오래도록 본다.

2019년 가을

김뱅상

김뱅상 시집

· 차례

김뱅상 시집

· **차례**

제1부

지스팟*

끓어오르기를

기다리고 있어 찌개의 양과 불꽃의 관계에 대해, 생각하고 있지 처음에는 강한 불꽃에도 찌개가 쉬이 끓지 않아 서로를 더듬는 시간이야 불꽃에 따라 조금 늦게 달아오르기도 하고 빨리 달아오르기도 해 공기압과 바람과 장소에 따라서도 다르지 불의 이두박근이 가끔 냄비뚜껑을 소스라치게 만들어 이 소리는 아우성일 수도 정점일 수도 있어 소리라고 모두가 같지는 않지 강약에 따라 길고 짧음에 따라 높고 낮음에 따라 모두 다른 맛을 내는 것이지

파란 불꽃이 가장 낮은 바닥을 핥고 있어 가장 낮은 것들은 가장 높은 꼭대기를 향해 있지 맛은 넘치지 않아도 돼 불꽃은 꺼뜨려도 괜찮아 불꽃이 불꽃을 찾아가고 있는 중이야

* 여성의 오르가즘에 다다를 수 있게 하는 질 속의 위치

중음中陰

목을 절단하고 싶었는데 머리카락을 잘랐어요 손 안에 가득한 피가 욕실 바닥으로 흩어져요 흥건한 것을 보니 몸이 가벼워졌어요 왼쪽 머리를 날려요 거울 속의 나는 짚수세미 같아요 아무도 알아보지 못하죠 재 한 줌 뿌려 준다면 더욱 모르겠지요 뿌연 오물이 뚝뚝 떨어져요 자꾸만 사라져요 북데기 수세미가 보드라운 휴지가 될 때쯤이면 나는 이곳에 없을지도 몰라요

은하의 나선형 세계에 들어요 무수히 쏟아진 별들 앞에 오른발을 어디로 향해야 할지 망설여요 다섯 개 꼭짓점이 각자의 고향을 향해 있지만 그 희뿌연 무리는 하나를 이루어요 하나의 별이라도 사라지지 않게 발이 자리 잡아요 다음은 왼발, 안으로 들수록 빼곡해요 블랙홀도 있을 것 같아요 별들이 발 아래로 모여 들어요 은하의 길 지나가요 어디에선가 날아온 나뭇가지 하나 별천지 유영하고 있어요 움푹 팬 마른 계곡 가랑잎들이 별들과 놀고 있어요 바람 불면 가랑잎에 몸을 숨기기도 해요 우주의 강을 누군가는 지났고 또 누군가는 지나갈 거예요 뿌옇게 쏟아진 세계를 건너지 않고는 이쪽으로도 저쪽으로도 갈 수 없어요 시뻘건 정류장이 나를 기다리고 있어요

거울을 봅니다

거울 속에는 아무것도 없어요

세계우주클럽

동구도서관 반납대에 화성, 우주와 나, 코스모스, 우주를 누
벼라, 세계우주클럽
누군가 반납한 책에서 크레졸 냄새가 진동한다

병원 침상에 누워 있는 그, 결혼은 했을까 하지 않았을까 혈
액형은 A형일까 O형일까 아이는 하나일까 둘일까

〈우주를 누벼라〉는 어릴 적 책받침에서 보았던 태양이 이글
거리는 그림이 책표지에 붙어 있다 병원은 우주로 가는 통로
이기도 할까 다른 책보다 표지가 닳고 낡아 있다 책을 펼치면
우주 하늘 블랙홀 죽음이란 단어에 쳐있는 동그라미

우주는 떠날 준비를 미리 하는 곳인지도 몰라 병원 침상에서
우주로 내일을 쏘아 올리는 것인지도 몰라 움직일 수 없는 힘
든 몸이 둥둥 떠서 날아다닐 수도 있고 먹지 않아도 배고프지
않은 상큼한 곳을 찾았을지도 몰라

〈세계우주클럽〉에 가입하여 마음 맞는 사람들과 함께 정을
나누었을지도 몰라 고통과 냄새가 없는 대우주를 숨기거나 자
랑하면서

누군가 반납한 책에는 크레졸 냄새 진동하는 별 하나 솟아오
를 지도.

건전지

우리의 놀이는 건전하지

팔찌 채워줄까 손목이 잘려 나가도 괜찮겠니 발찌도 채워줄까 너의 다리를 날려 버릴 수도 있지 네 눈동자 내 심장 요동치게 해 터져버리면 어쩌지 하얀 시트 붉어지면 알레스카 벤치에서 바라보던 석양보다 황홀하겠지 진보라보다 찐한 그 입술 끝없이 마실까 십자드라이버로 공간을 조이면 불이 빨리 켜질 거야 전선을 물에 넣어봐 해골 속이 환해질 거야

놀이가 끝난 건전지는 버리는 거지

누구의 목이 사라졌나 누구는 다리가 사라졌지 토르소의 등이 떠오르는 낮이야 어떤 사람이 일을 할 확률이 62% 일을 하지 않을 확률이 78% 누가 집 앞에 쌀부대를 가져다 놓고 갔을까 누가 어둠 틈타 쓰레기봉지를 버리고 갔담 누가 신불산에 공룡 가져다 놓았지 누가 신불산에 공룡을 몰아갔지 누군가 공룡 보기 위해 능선을 오르지 능선은 묵직하고 어둡고 석탄 같은 불길 초원을 지나고 계곡을 지나고 강 넘어 봉우리를 덮치지 누군가 아직 그 자리에 앉아있을까 누구는 그 자리를 확인하는 누군가 먹고 싶은 오후지

보도다리

　연꽃단지에서 찍은 사진을 봐봐 기차가 연꽃단지를 지나가 지 첫 차를 놓치고 두 번째 기차 올 때 찍은 거지 매표소에서 붉은 머리 내민 기차는 전봇대 지나 연꽃 지나 정자 지나 전 나무 숲으로 사라지지 사진에는 오른쪽에서 왼쪽으로 기차가 멀어졌다고 아니야 잘 봐봐 기차는 전나무 숲에서 나와 정자 지나 연꽃 지나 전봇대 지나 매표소 뒤로 사라지는 걸 아니야 네가 보낸 사진에는 내가 얘기한 반대인 걸 앞바퀴를 잘 봐 어 디로 움직이는지 피스톤 실린더의 움직임을, 분명 기차는 멀 어지고 있지 아니야 기차는 다가오고 있어 아 그때, 오리가 놀 라 물속에서 눈 동그랗게 뜨고 나왔는데 그게 증명해 줄 거야 봐봐 오리가 물속으로 들어가는 곳의 물결을 봐봐

수국

오른쪽 뒤꿈치로 난 길을 걸었다
지하철역에서 건널목 건너 은행나무 지나
경찰서 건물 지나 파리바게트 지나 미아리복지관에 닿는다

정원이란 울타리가 닫히기 전에 가야 하는 곳
울타리 밖은 춥고 냉정하다

바람에 흔들린다
마른 짚처럼 꺾인다
해마다 묵은 가지와 새 가지를 가려내지 못해 몇몇 가지만
잘랐었다
꽃이 피면 묵은 가지들이 커다란 꽃을 가두었다

얼은 발가락이 두루마리처럼 돌돌 말려 환한 길을 낸다
길은 이상보다는 이하를 고집한다
따듯함과 그윽한 눈길을 기다리는 습자지처럼
하늘거리는 이하가 오늘 하루를 지켰다
이하가 새겨 놓은
오직 이하만이 그릴 수 있는 문양

가지를 자른다 한 가지 자른 자리에 두 가지 올라온다 두 가지는 네 가지 되고 여덟 가지 열여섯 가지 서른두 가지 뻗어나간다 새순에 맺힌 분홍 보라꽃망울 탐스럽고 오래도록 핀다 가지마다 하늘거리며 웃는다 오전 내내 만든 문양으로 정원이 환하겠다

　발바닥에 숨긴다 시간을 구부리다 접는다
　왼쪽 뒤꿈치는 돌아올 때 만들어야할 길
　대합실 바닥에 발을 동갠* 그가 누워 있다
　구멍 난 양말 발바닥이 환하다

* '포개다'의 경상도 지역어

구절초

　말놀이는 언제나 젊은 여자가 이겼다 입버릇처럼 하는 말놀
이 시간에 따라 움직이는 말은 알아들을 수 없다 아저씨 좀 더
집중하셔야겠어요! 젊은 여자는 늙은 남자 입가를 하얀 손수
건으로 닦는다 또 놓쳤네요 땀나! 바람이 두 사람 머리칼과 목
덜미 훑는다 아저씨 해바라기 씨앗 주세요 하며　젊은 여자가
늙은 남자 손에 씨앗 건넨다 씨앗 뿌리자 비둘기 발 가까이 모
여든다 아기 참새 한 마리 종종거리며 비둘기 따라 다닌다 늙
은 남자가 아기 참새를 볼 때 참새도 늙은 남자를 본다 늙은
남자 고개를 돌려 젊은 여자를 본다 비둘기 놀던 자리 햇빛이
걷고 있다 늙은 남자와 젊은 여자가 앉은 벤치를 햇빛이 밀고
들어온다 늙은 남자는 젊은 여자를 따라 가고 없다 말놀이 끝
에 남겨진 나뭇잎 하나 빈자리에 흔들리고 있다

네 쪽의 창문

거슴츠레 눈을 뜨니 새벽 세시 십오 분
첫째 창문 끝과 둘째 창문 중앙에 달이 떠 있다
달이 내게 말을 하는 듯하다
무엇인가 받아 적어야 할 것 같다
아니 받아 적으라고 한다

달이 창문을 물고 내게 말을 건다고 노트에 써 본다

암시를 주는데 풀지 못하고 주위만 뱅뱅 돈다
동사무소 옥상을 지날 때 조금만 더 힌트를 줄 수는 없을까
그러는 사이 달은 둘째 창문을 벗어나 방충망을 지나고
달은 아래쪽에서 점점 위쪽으로 가는 중
구름 속을 벗어나서 교회의 뾰족한 첨탑을 지나고
세 번째 창문에 들어섰다

달이 나를 끌고 세 번째 창문에 들어섰다고 썼다

저 흐릿한 베일 벗기고 싶다
창과 달과 네 쪽의 창문은 무엇을 내포하고 있는가
어느새 달은 네 번째 이야기를 풀어놓고 있다

누군가
먹고 싶은 오후 <u>김뱅상 시집</u>

제2부

솔릭의 눈

I
park
201
　　고층운이 밀고 있다
　　　　　　　　바람이 분다

떨고 있다
　　　　벚나무들
　　　　　　　매미들
소리 지른다

중심을 놓치고
　　　　　　벤치를
잡는다

아주
　　　잠깐
　　　　　잠깐

지구를 돌린다

19페이지의 노란별

간간 뿌리는 비
빗물 강으로 바다로 흘러들어
별이 되고

낙동강 공원 유채꽃 핀 길

환히 내어 미는 저 손 맞잡고

낙동강 흐르고 누운 갈대가 바람에 서걱대는
이, 자리

오래도록 기다렸다고

기차, 리본 흔든다
바람개비, 노랑 부른다
노랑을 기억하는 모두의 축제

지금 보는 저 꽃은
알파켄타우리별에서 조금 전에 당도한 빛

그 빛 앞에서
물결 이루는 사람들
하늘에서 낮달이 내려다보고 있다
아주 잠깐 너는
꽃으로
내 앞에 서 있다

창백한 말이 자꾸만 안으로 기어든다

꽃밭 옆,
가마솥에 걸린 국밥이 끓고 있다

목욕

함 ★ 아 ★ 비 ★ 지
상 투 ★ 잠 고 ★ 지
★ 오 르 지 못 할 나 ★ 무 ★ 에 올 라
나 ☆
무 ☆
흔 ☆
들 ☆ 지 가 시 나 무 ★
들 ☆ 기 ★ 지 음 모 의 시 간 불
허 티 곡 선 들 ★
★ 지 르 지 ★ 오 늘 도
이 ★
목 ★
구 ★
비 ★ ★ 갈 은
을 모 으 지 록 ★ ★
★ 가 수 들 이 나 와 임 ★ ★ ★
갈 은 춤 ★ 은 말 롱 선 되 어 티 ★ ★ 지 지 척 녁 누 스

와 아 짐 뉴 스 는 ★ 한 결 같 오 리 고 기 대 신 아 ★

제 가 줄 갈 는 데 ☆ 아 제 는 고 먹 다 남 은 오 리 고 기

는 밧 줄 갈 지 줄 을 타 간 참 외 의 는 뽕 ☆ 나 무 에 서 ★ 지

자 라 지 노 란 진 드 기 도 붉 ★ 은 피 식 상 해 멀 른 ★ 지 ★ 남

★ 황 소 불 ★ ★ 알 ★ 에 불 어 빼 는 일 도 상 투 적 이 지 ★ 남 ★ 를

단 일 팀 은 남 북 메 ★ 달 ★ 팀 으 로 가 지 황 ★ 갈 ★ 북 를

관 참 세 들 ☆ 와 르 르 ★ 수 수 밭 에 서 ★ 금 ★ 를

아 ☆ 이 ☆ 스 하 기 하 지 쑥 메 밭 이 문 참 세 들 의

승 리 ★ 지 빨 리 도 망 가 라 하 ★ 수 ★ 아 ★ 비

좋 아 오 지 ★ 김 삿 갓 상 투 ★ 는 ★ 식 상

하 지 않 앉 나 ★ 번 개 는 ★ 마 른 ★

하 ★ 늘 에 서 ★ 파 적 적 ★ 으

로 내 리 지 ★

슈 ★ ★

★ 웅 ★

★ 슝 ★

31

밀회

리라 리라
베네치아에서는 물길이 사라지네
나는 리라 리라, 미로에서 길을 잃네
숨소리 커지는 익명의 공간
세네지오가 내어 쉬는 숨은 높은 담장이 되고
안개더미 스며든 와인을 마시네
붉은 빛이 첨탑을 물들일 때까지
리라꽃이 좋네
리라, 시작도 끝도 없는 이름

필요없네, 깃털가면 같은 건
리라 골목골목 피어나고
찰방찰방 벽에 부딪쳐 오는 메아리
곤돌라의 허리춤을 삿대가 추스르네
칸쇼네에 리라꽃 향기 싣네
키스를 하네 리알토 다리 아래의 키스
내려다보는 십자가도 두렵지 않네
리라꽃 향기에 길을 잃었을 뿐

얼굴이 사라지는 베네치아

캉링*

뼈에 구멍을 뚫는다

눈으로 짐작하는 간격
넓게 좁게 깊게
도톰한 입술과 악기 사이
거리는 어느 정도가 좋을까
광대뼈처럼 도드라진 마디와 입술의 호흡
조금 오목한 구멍과 아랫입술의 깊이
아랫배 힘은 등과 마주하도록
처음부터 삑사리는 생각하지 않을 수 없지
빼는 것은 더해진다는 것
새를 부르니 구름이 비틀거리며 화답하는
걸어가는 화음의 넓이
깊이의 계수
가야한다
당신을 위한 노래
허밍으로 흥얼거린다

* kangling 악기. 사람 허벅지 뼈로 만든 악기

마스터베이션

Monami 153 0.7

까만 엉덩이를 누른다
단단한 심볼이 나온다 심 끝에 달린 눈알
계곡 지나 산 넘는다

손이 아프다
침대를 위한 노동
중독이 되지 않고는 이루어지지 않는 일
밤은 까만 어둠으로
향기롭고 깊은 나락으로 이어진다

'블루무비'를 보고
헤이, 앤디워홀
언제
어디서든
153의 길이와 원할 때 할 수 있는 발가락

나 찾을 애인들을 위해
달린다

위나이와이나

휴지통에서 객사 할 확률이 백프로다

오늘도 153 스타의 길 위해

벽돌 하나에 견갑골 하나

무너진 벽돌 위

그가 나타난다

따라온 덤불에 몸부림친다

머리카락 가다듬는다

눈썹만이 서 있는 저 몸

바람에 덜렁이는 덤불이 소매를 잡아끌고 있다

고기 냄새 나는 식당 쪽 담장 올려다본다

큰 벽돌 열 개

매화나무 올려다본다

동백나무 돌아본다

반달눈으로 높이를 재고

견갑골 두 개 웅크리고

바람이 분다

겨울비에 젖어 찢어진 나뭇잎 같은 희미한 눈동자

저 담장 너머 먹이가 있다

대퇴골에 힘을 준다

담장 뛰어 오른다

식판에 남은 닭튀김 부스러기를 반달 같은 눈을 굴리며 핥아

먹는다

모래 같은 혓바닥으로 발등을 핥는다

오늘은 어디에서 시간을 보낼까
무역전시관 입구로 들어서는 @ 같은 그의 꼬리

가터벨트

둥그스름한 매화접시에 담겨 나온 무와 사과
껍질 째 길쭉하게 마야처럼 누워 있는 사과
반듯반듯 사각 방석처럼 앉아 있는 무
사과 반 무 반
빨간과 하얀
머리는 사과 먹으라하고
혀는 무 먹으라한다
무맛의 무를 먹는다
어금니의 안과 밖이 맞물리며
시원한 폭포 터져 나온다
아삭아삭 이어지는
민낯인 무에게 당근 가터벨트를 착용한다
주황색 당근 가터벨트를 걸친 무
눈이 혀를 자극한다
무를 깨문다
팽팽함이 혀끝을 감돈다

제3부

피핑톰*

노란 앵무새 종종거리며 어깨에 매달린다
사각 프레임 밖 머리깃털이 잘린다

이제 앵무새는 사각형이다
검은 개 무릎 위에서 눈을 감고 있다

검은 개의 뒷목을 움켜잡은 손
손은 모두 방 안에 갇히고 싶다고,

앵무새가 검은 개에게 말한
검은 개가 앵무새에게 보여준

비밀은 털들이 가득하다
열쇠 구멍 속처럼

눈을 감으면 보이고 눈 뜨면 보이지 않는
구름을 몰고 떠다닌다

미루나무를 피해 구름은 가고

* 관음증

Room

먹이 찾아 산속으로 들었다 도구는 사용하지만 재갈을 물릴
것

불곰은 작은방에, 여우는 양지바른 창가에, 토끼는 식탁 위
에, 얼룩무늬 표범은 거실 소파 위에,

나무 머리 몸 손 빠진다 본다 안는다 비빈다
땅 뼈 눈알 귀 손톱 사라진다 펼친다 튀어나온다 커진다 드
러난다 거꾸로 보인다
나는 구름 눈 아래 있다

빗방울 떨어지는 소리
공간 달리는 저 또닥임
세어졌다 약해지고 빨랐다 느려지고
끝없이 이어진다

불곰은, 변한
여우와 토끼는, 변한 것이 없지만
표범은, 변한 것이 없지만 변했다는 것

얼레지와 양지꽃의 간격
어디를 향해 달려가려는지
보이는 것과 보이지 않는 세계로

각자 방식이 있으매 규칙도 있도다

동백나무

빨간 두통이 왔다

크로스오브뮤직 볼륨을 높인다

그가 머리를 감싼다

창문의 넓이만큼 공기를 내 보내는 중

쨍그랑

그가 조금 가벼워졌다

그에게 민소매 원피스를 입힌다

하얀 알약에 스푼 부딪치는 소리

솔솔 하얀 가루가 떨어진다

너는 사라질 것이다, 주문을 외운다

붉은 너는 사라질 것이다

깨어있음도 깨어있지 않음도

안과 밖도

처음부터 존재하지 않았던

음악이 슬리퍼를 끌고 거실문을 나선다

설감주

일주일의 빙하기를 읽는다

바늘구멍 하나 없이 뭉쳐진 몸

그 중심에는 뜨거운 여름이 버티고 있다

무거움과 가벼움을 양분하려

수백 번 삼베 망 속을 넘나들며 만든 사리

하얀 옷은 어디서부터 왔는지

어디에서 하얀 도를 구했는지

하얀 무게는 얼마만큼의 겁인지

손들이 실루엣의 비밀을 벗길 수 있을까

나는 뜨겁기에 몸에 들어 범종처럼 운다

그러데이션*

벚나무 가지 위에 앉은 어치

꽃잎에 체온 뿌린다

흩어졌다 모여드는 체온은 어떤 속삭임일까

몰려다니던 꽃이 무늬를 지어

팬티 한쪽 귀퉁이부터 옮겨 앉는다

아랫입술에 붙인다 맞닿은 손톱 색의 봉선화

치맛자락 끝에 하늘거리는 나비무늬

날아 온 어치 한 마리

입술의 립스틱 라인 안으로 숨어든다

어디로 흐를지

추상화를 위해 어치 몇 걸음 더 번져야 할까

어치 위해 팬티의 명도를 올린다

물결무늬로 울리는 핸드폰, 나비 날개에 찍는 저 가안

* 점차적으로 번지는 미술 기법 중의 하나

압정

입구는 강렬하고
출구는 미지수 같지

도화지는 창문 밖의 꽃

벽 하나 사이 안과 밖의 공기를 통신하느라

깨어지고 터지고

식탁 위 꽃병에서 깨지는 꽃의 세계

너의 흉터, 대못 끝에 얼레지가 폈다

봄

  기차역, 언니 화장실 참 깨끗하지 하는 소녀의 목소리, 우리 화장실이면 좋겠지 묻는 목소리, 문 열고 닫는 소리, 문 잠그는 소리, 벽 사이 두고 오가는 구름과 빗방울 얘기들, 돌돌 말이 휴지 돌아가는 소리, 변기 속으로 기차가 떠나는 소리, 가벼운 안녕과 수돗물 흐르는 소리, 손바닥 탁탁 치는 소리, 거울 속 얼굴이 웃어주는 마주본 햇살 환하다

  우리 집이면, 그럼 엄마도 오시겠지

사춘기

백운암 기와지붕 끝 구름 잡으러 오른다, 산 넘고 또 넘어 하늘구름에 닿고 싶다, 눈은 겹겹이 소나무 정수리 오른다, 더 높은 상수리나무 끝에 매달린다, 바람을 타면 구름아래 가까이 구름을 터뜨릴 수도 있겠다 싶은데, 다시 원위치다, 콘돌 타고 하늘 오른다, 팔과 다리 떨어져 나간다, 환타지아스페셜을 탄다, 튕겨나가는 머리 붙일 시간 없다, 머리 하얘진다, 레니의 안전체험관을 탄다, 미루나무 세워 흔든다, 막힌 내장 바닥으로 쏟아진다, 가벼운 몸 플리터를 타고 초고속 우주 구름 속으로 사라진다

자폐

사각투명 안, 나만의 블록 쌓아요 흑갈색 가시거미 흔적을 남기죠 거미줄을 먹기도 해요 줄을 감아 빙글빙글 몸을 돌려요 날개 퍼덕여요 까치발 들고 짧은 다리 긴 몸 마음대로 움직이며 소리쳐요 내게로 오는 것 멈추지 않아요

수백 마리 별들 다리 위로 올라가요 가는 곳곳 따라와 소리치며 웃어요 별들 몰리는 소리에 기뻐 손뼉 치며 뛰어요 별들이 몸을 간질여요 몸을 말아 뛰어내려요 별들이 사라졌어요 가만히 다리를 펴요 조금씩 줄을 따라 걸어가요 난, 남다른 몸짓으로 기쁨을 발휘하는 환한 소년이에요

남산계곡

  고대 물방울 신들이 안경마차 바하나에 올라 말을 건다 신들
을 태운 마차가 분홍카펫 꽃길 걷는다 물방울 신들 발걸음에
따라 흔들린다 떨어지지 않으려 수레바퀴 움켜잡는다 마차 위
로 꽃잎 하나 떨어진다 부드러운 꽃잎 물방울 신 앞을 가린다
밀고 당기는 가운데 마차가 흔들리며 기웃 한다 앞이 흐려 잘
보이지 않는 안경마차 바하나 자리를 정리한다 어둠 속에서
밖으로 나온 신들은 밝은 세상을 신기해하며 본다 마차는 곡
선으로 휘어진 오백년 된 가리골 은행나무로 향하지만 언제쯤
도착할지 모른다 사나흘 비에 젖은 겹 벚꽃 활짝 피었다

앵두

논둑 가 올챙이들 물방울 뿜으며 손짓하네 안쪽에 핀 민들레 도 한 몫 거들고 봄 논둑은 속살이지 푸딩 같은 늪인 줄 알면 서도 사다리타기 하지 웅덩이 진흙 물 뱀 꽃나비 물에 비친 외 나무다리 위를 걷듯 비틀거리네 진흙은 신발을 붙잡고 잎들이 찰랑거리는 물 앞에서 리턴이지 사다리타기가 꽝이 아니길 출 구 쪽에 날카로운 이앙기 입 내게로 향해 있네 버스가 올 시간 이앙기 이빨 잡고 출구로 흘러내리지 바짓가랑이에 얼룩무늬 꽃 사자 한 마리 튀어 오르네

캐러밴

거실 중앙을 차지하고 있는 벤자민

이른 아침 뿌리째 뽑아 머리에 심는다 화장실 부엌 큰방 오가는 동안 벤자민 주름이 늘었다 눈꺼풀이 무거운 벤자민을 어떻게 세로로 눕혀야 할지 침대머리에서 발치까지 머리를 숙여 눕힌다 나는 침대 끝에서 머리를 숙이고 앉은 채로 잠이 든다 벤자민이 옆으로 누우면 나도 따라 옆으로 기댄다 벤자민 가지들이 납작하게 누웠다 몸을 비튼다 열이 오른 뿌리에 물 준다 머리 위로 물 흘러내려 목덜미가 젖는다 일어서서 천장에 닿지 않도록 허리를 구부리고 호흡을 참으면서 콰테말라로 향한다 새가 와서 앉는다 잎을 팔랑이는 바람이 아랫입술을 깨문다

머리를 뽑아 나무에 심었다

찹쌀호두 빵

 다섯 개 소쿠리에 담겨 나왔다 구불구불 박힌 호두가 닭 벼슬 같다 어미가 둥우리에 알을 품고 있는 모습, 커다란 손이 둥우리 옆으로 가자 어미 눈치를 본다 눈알 굴리며 앉은뱅이 자리 조금 움직이는 듯하다 가까이 간 손이 동그란 빵 하나 꺼낸다 방금 꺼낸 달걀처럼 따끈하다 동그란 배와 뾰족한 머리 중 어느 부분이 더 맛있을까 호두가 박힌 벼슬 부분을 깨무니 꼬끼오 소리친다 놀란 난 먹던 빵을 둥우리에 떨어뜨린다 놀란 어미 날개 파닥이자 빵들이 사방으로 달아나고 중심 잃은 둥우리 저만치 굴러간다 둥우리 잡으러 따라 간다 빵은 의자 다리 사이 지나 탁자 밑 햇살 건너 사람 발 사이 빠져나가 숨어든다 어둠 속 흩어진 알들을 찾는 눈동자 반짝인다 꾸중 듣고 굴뚝 뒤 숨어 나를 지켜보는 순간이다

피서

　몽달귀신 부른다 장가도 가보지 못하고 허리 똑 부러져 죽은
놈 이 방 저 방 부엌 화장실 냉장고 옷장 침대에서 한 명씩 나
온다 빗자루에서 청소기 속으로 옮겨간 남자 불러내어 한 낮
의 더위 빨아들인다 병으로 죽고 사고로 죽은 아이들이 파란
춤춘다 청소기 지나간 곳 마다 얼음이 언다 고개 넘을 때면 담
대한 심장도 큰 기침을 하고 줄담배를 피우며 넘었다는데 침
대 위에도 세탁기 옆에도 부엌 앞에도 수족관 위에도 이 구석
저 구석 기웃거린다 저 남자 이제 보내야 한다 나는 어때　나
는 노련해 내 팬티를 던져준다 본척만척 한다 어디 가서 손각
시 팬티를 구해오지 병원 시체 안장실을 간다 어떻게 확인하
지 안장실 열쇠는 누가 가지고 있지 등이 툭 떨어진다

제4부

토마토

둥근 어제의 슬픔이다

이른 아침
햇살 반대편에 몸을 숨겼다가 바람에 기지개를 켠다

클랙슨 빠져나간다
굉음 사라진다
앰뷸런스 멀어진다

무수한 기계음은 흩날리는 녹음
고막을 뒤흔드는 벚꽃
피로 붉게 젖어드는 도로
파기계약서의 도장처럼 선명하다

나는 생생한 슬픔을 삼켜버린 레이서

황혼에 지구 한쪽을 내어 주는 순간이다

저녁 한때

엄마와 산방에 든다
해거름 창문을 열고 하늘과 나무 안으로 들인다
나무에 옷을 건다
속옷은 하늘에 던진다

가슴과 배가 뛰어 다닌다
하늘을 향해 웃는다
선풍기 바람에 머리카락이 날린다
"선 것이 없으니 이렇게도 편하다"

침대에 나란히 눕는다
"옆구리가 허전하다야"
베개를 엄마 배 위에 올려 드린다
"자루가 없어 재미없다야 치워라"

엄마, 자루가 만든 든든한 자루 보실래요
어디가 가려우세요
어깨 등 엉덩이 아님 찢어진 소음순

나는 엄마 배 위로 강하게 점프

양팔저울 눈금이 노란민들레 쪽으로 기운다

스프링 탄성을 의심한 적 없는 민들레 씨앗들

시간의 껍질 한 겹 벗겨 날린다

눈금 중심이 심장에 있다

벚꽃

쌍계사에 장관이 온단다
어느 장관이기에 구름떼처럼 사람들이 모여드는 거지
장관은 오는 중일까 지나갔을까
둥실 둥실 몰려드는 자동차가 피우는
섬진강 줄기보다 긴 구름
외길 끝에는 붉은 산통이 시작되고
견디지 못한 사람들은 리턴을 하고
그 자리 순식간에 사라지고
화개장터 장꾼들 물고기 물 만난 듯 흔들고
일 년 내내 오늘만 같아라
장관이 대단하기는 한가 봐요
구름처럼 몰려드는 걸 보면요
평생 한번 밖에 못 만날지도 모르는 장관
오줌보를 움켜지며 앞으로 전진
마음 알았을까
장관 나와서 하얀 손 흔든다
환하게 웃으며 꽃비 뿌린다
길은 오도 가도 못하고
장관과 한판 박는다고 난리다
벚나무 사이로 허연 달덩이가 곳곳에 뜬다

허연 달을 보느라 낭창이다
사월의 장관은 언제 봐도 장관이시다

천개의 혀
- 상사화

눈을 감고 온 몸을 열게 하지

기다림은 혀끝에 느껴지는 천혜향 가시의 맛
그 혀 마술처럼 내게 다가오고
가벼운 스침에도 일렁거리는
긴 혀 어느새 잇몸까지 들어와 토닥이고
속눈썹 파르라니 떨리고
입천장과 혀 뒤쪽을 거칠게 휘감는다
거침없이 휘어질 대로 휘어진 혀들
목구멍을 핥고 성대를 자극한다
온몸 열어젖힌다

그가 오던 길목으로
뜨거운 몸 향해 있고

누드가슴

엑스레이실 앞에서 기다린다
촬영이 빨리 끝나겠어요
간호사가 가슴을 스캔하며 말한다
누드브라 벗는다
등을 밀어붙이며 바짝 붙어 서세요
가슴 모으는 동안 가슴은 슬그머니 사라지고
이팝꽃 밥알들이 뚝뚝 떨어진다
잠자리 옷 날개들이 달아나는 순간
없는 가슴 위를 차 발톱 지나간다
스키드마크 남기며 쏟아지는 비명
황급히 쓸어 담는다

금방이라도 톡톡 터질 것 같은,
하얀 이팝꽃 밥알들이 핀 보도 사이
구두 굽 끼어 종일 절뚝이며 걷는 날이 있다

인력시장

검은 양복이 집게발로 오라 손짓한다

김씨, 식사는 하셨는지요

아직 전인데요

그럼 들어오세요

서비스 잘 해 드립니다

망에는 수족관에서 건져 올린 사내가 퍼덕이고

보고 있는 동안 한 사내가 더 올라간다

싱싱한 미끼가 입맛을 당긴다

휴대폰을 두드린다

돔 보낼 때 꼬시래기도 알아서 보내줘

싱싱하고 좋은 놈으로

나씨, 길 좀 물어봅시다

고기 많이 주는 집이 어디인지 아세요

바로 이곳입니다

이리로 오세요

수족관에는 꼬리 흔들며 활보하는 사내들의 눈이 번뜩이고
있다

집게발을 능숙하게 사용하는 김씨

포크레인 위로 올라탄다

망치질을 잘하는 나씨

대형 화물차에 오른다

원피스

청사포 바다 내어건다

가지런한 어깨들 하늘에 있고
수양버들처럼 짧고 길게 늘어뜨린 미역 자락들
바람이 모아지는 곳에 연주 시작되는

바람 지휘봉 따라
종달새 종종 꼬리 까딱까딱
소리 없이 다가온 고양이 풀잎 앞에서 멈추고
가지런히 앉은 양식장 밧줄 늘어진 소매 끝 같다
이랑 사이로 부드럽게 불어오는 내음

살과 살이 맞닿은 곳에는
글라디올러스 끝자락이 바람에 날린다
한쪽은 길고 한쪽은 짧은 언밸런스
아무도 넘볼 수 없는 음
회오리바람이 부는 날엔

사그락사그락
싸싸 싸아 사그락

발톱을 추모함

날마다 그랜드캐년 오른다
오른쪽 파리아 강어귀에서 왼쪽 네바다 주까지
엄지발가락 꼭대기에 올라 건너편 봉우리 본다
쉬이 접근 할 수 없는 좁은 계곡
한 때는 빙하이기도 했던 이 길
녹고 어는 것 반복하는 사이 지층은 쌓여가고
미끄러지는 날이면 피바다에 빠진다
오래도록 정복하지 못한 골짜기
두꺼운 붉은 빛 도는 층
층과 층 사이 오솔길
알 수 없는 구멍들 돌 밀어낸다
오늘도 딱딱한 협곡 깎고 다듬는다
협곡 오르며 죽음의 시간 들여다본다

바코드
— 반올림*

절대 금식 이름 김슬쁨 주민번호 950411
아주 생산적으로 일을 하고 있음

하루 종일 천정을 바라보며 담요에 눌어붙어
줄에 매달려 묶이고
숨을 쉬다가 놓치고 헐거워지고
기침은 또 다른 기침을 몰고 오고

무의식 상태에서 가장 큰 생산자
손목팔찌에 새겨진 물결 줄무늬
얼굴 기억하는

목, 배, 어깨, 링거 ……

막대와 부호는
또 다른 무중력의 생산을 낳는다

눈꺼풀을 쓸며 누워서
줄을 달고
헐거워진 숨 놓치고
기침을 뱉고

*반도체 노동자의 인권 단체

붉은 새

7시 13분 태화강역
레일 위로 막 어둠을 털어내며
태양이 미끄러져 들어온다
잿빛구름 터치한 부드러운 붓의 끝
구름은 붉어진다
속도만큼 궁금한
붉어지는 침목의 목적지를 감추고
기차는 무작정 달린다
아파트와 아파트 사이 새가 앉아 있다
엉덩이가 가벼운 아이들처럼
깃털을 떨어뜨리며 날아오른다
날개를 편 거대한 새
어디로 향하려던 것일까
각도에 따라 변하는 새
핸드폰의 셔터를 무작정 누른다
빨라지는 셔터의 속도
그저 새의 방향을 향해 누를 뿐
아주 잠깐 사이
날아간 비행의 흔적을 보는 듯
새는 검은 스크래치 남겨 놓은 채 사라지고

다음 역은 월래역이라는 방송이 흘러나온다
눈을 앗아간 그 새,

내 몸에 한 마리 악어 산다

내뱉는 숨

쪼그라드는 폐 자리만큼 드러나는 뼈

너는 아래로 아래로 스캔한다

반대로 돌아 선다

배꼽아래, 불도 무서워하지 않는 악어 한 마리 산다

큰 입 벌린다

찢어진 눈이 쏘아 본다

X-레이 빛이 무서워서 돌아간다

토끼를 잡아먹었을까

양쪽 눈이 발갛다

한 걸음 더 가까이 걸어왔다

눈빛은 어느 쪽으로 향했을까

슬쩍, 팬티를 5센티 돌린다

옆구리 그늘 속으로 숨는 악어

악어 눈빛과 X-레이 빛이 스파크를 일으킨다

참았던 숨 내쉰다

숨을 지킬 수 없어

칼을 든다

악어 붉은 눈 찌른다

피를 흘리며 악어 뛰어 내린다

그 자리 X-레이 지나간다

봄의 숫자

한글과 숫자는 늘 함께 해
열시삼십사분사십사초
10 34 44
숫자를 붙여서 쓸 순 없어
그럼 103444
아니면 10만 3천 4백 4십 4
바보같이 뭐야
만 천 백 십을 빼란 말이야
아니 그럼 103444가 남잖아
에이 어떻게 그게 숫자만 나열된 것이야
아니 그 숫자가 뭔데 핏대를 올리는데
숫자를 붙이지 말라며
너는 눈물방울 세어 본 적 있어
망자의 눈물방울이 몇 개인지
숫자로 세어 볼 순 없지
떨어진 나뭇잎으로 밥그릇을 덮으면
물 한 그릇이잖아
내가 흘린 건 103444개의 눈물방울
한 그릇의 목숨이었다고
그래 훨훨 날았을 거야
이제 봄이잖아

도다리

빈 것들이 사분의 일을 차지하는 순간

이분의 일 남은 기억

잠시 오류를, 누른다

내 손을 믿는다

세 시간을 잘라 먹는다

Explore your life

초록 나뭇잎과 꽃으로 장식된 그림
Explore your life란 문장
병을 찍어 확대해서 본다
살바드로 달리의 그림과 닮아 있다
병은 알 수 없는 세계로 이끌고 간다
1958년 오월이었을 거다
스페인 어느 모퉁이 엔틱 카페
담장에 장미꽃은 보는 이가 서럽다
술맛을 궁금해 하며 기다린다
남자는 아주 천천히 코르크 돌린다
돌릴 때 마다 장미는 붉게 피어나고
코르크 반 이상 돌아갈 때
눈 풀리고 몸 흥분
초록 나뭇잎과 꽃의 힘일까
주체할 수 없는 몸은 중심을 잃어가고
병 입구는 요술램프처럼 연기가 피어나고
그의 손이 간절히 그리워지는
술보다 진한 향수
진한 향기 개척하는 시간이다

정관

이 소우주를 어떻게 건설할 것인지

신도시 정관 아울렛
걸어 다니는 소우주 정관들
고개 숙인 정관, 웃는 정관, 팔짱끼고 가는 정관, 뒤돌아보
는 정관
팬티를 고르는 정관, 콘돔을 사는 정관, 아이를 안고 뛰어가
는 정관
늘 머리에는 살아 꿈틀, 거리는 우주를 건설 중이다
모든 길은 정자로 이어져 있다
이 도시의 디자인을 어떻게 할 것인지
평소에는 침묵을 지키느라 조용하지만
우주를 건설할 때는 불도저처럼 밀어 붙인다
급하게 밀어 붙여 무너지는 때도 있지만
정자에선 바람의 정관을 건설하는 데는 무리가 없다
거대한 모습 드러내는 정관
화려한 조명을 받는다
정자에서 내려와 길을 나선다

오늘도 소우주들이
세상 곳곳을 누비고 다닌다

9

　우포늪 가시연꽃은 세상에 나온 자식에게 너른 품을 내어주
는 넓은 잎의 어머니 아궁이에 불을 지피다 서걱거리는 삼베
치마에 나를 받았다는, 어머니 연꽃대 마냥 바짝 마른 허리가
꼬부라져 구름 아래를 지나고 있다

　뚜벅뚜벅 노을 속으로 따라가고 있다

누군가
먹고 싶은 오후 김뱅상 시집

제5부

그게

　말이지, 구녕*이잖아 틈 사이로 보면 안인데, 밖이잖아 너는 안에 있는 거야 밖에 있는 거야 집에 들어오는 거야 나가는 거야 문구녕은 안일까 밖일까 티셔츠를 뒤집어 입으면 몸은 안일까 밖일까 안과 밖은 헐렁해 구녕 옆에 구녕을 판다 안 밖 가리지 않고 뚫는다 밖이라고 뚫으면 안이 나오고 안이라고 뚫으면 밖인, 개불의 구녕은 안일까 밖일까 바닷가 꿈은 꿈속일까 아닐까 어릴 적 바다 속이라고 여러 번 오줌을 누었는데 그건 안이었는데 밖이었어 목구녕을 타고 드는 보드카의 끝은 어디일까 목을 조이며 흘러드는 내장 터진 토끼는 안일까 밖일까

* '구멍'의 경상도 지역어

지하철 10호선*

　로봇이 양 옆에 앉는다 옷깃으로 얼굴을 가리고 옆을 슬쩍
보며 팔을 내 어깨 뒤로 돌린다 소리 쳤지만 아무도 돌아보지
않는다 주변은 로봇뿐이다 로봇 양다리 사이에 끼어 일어서기
힘들다 로봇의 바짓가랑이 사이로 침처럼 삐져나온 털들이 내
게로 향해 있다 로봇 점점 가까이 다가온다 놀라서 손을 입으
로 가져가다 손가락 하나가 콧구멍으로 들어갔다 코피가 쏟아
진다 코피를 닦은 손으로 로봇 뺨을 후려친다 주변 로봇들 못
본 척 한다 한 대 맞은 로봇 웃고 있다 엉덩이를 당겨 몸을 밀
착 시킨다 가방에서 가스총을 꺼내 로봇 얼굴에 쏜다 로봇 더
욱 환하게 웃고 있다 소리 지른다

　옆자리에는 아무도 없고, 로봇들은 어디에서 내렸는지 알 수
가 없다

*성태진 화가의 '지하철' 작품을 보고 영감을 얻다.

하늘을 나는 상자

　가진 것이라곤 빈 수레에 망치 하나 딸기대야에 못이 전부죠 수레 옆에는 부서진 상자들뿐이죠 상자들 날아다니게 하려면 체크무늬 토시를 껴야 하죠 오른손엔 망치를 왼손엔 한 줌 가득 못이 들렸죠 엿장수가 가락을 맞춰 가며 엿을 떼어내듯 나의 왼손과 오른손이 노래를 시작하죠

　손 안의 못 한 줌은 망치가 금세 먹어치우죠 아니 상자들이 먹어치우죠 아니 아니 내가 생명을 불어 넣죠 언제 아팠냐는 듯 상자들 내 곁을 떠나가죠

　상자 하나 고치는데 백 원 이십초에 하나 정도 고치죠 상어가 많으면 상자도 많이 나오죠 요즘은 상어가 많이 잡히지 않아 겨우 입에 풀칠할 정도죠 상어들이 내 손을 타고 날아다닐 그때가 그리워지죠

너무 오래 씻지마

태풍 지나가면 가끔 새들의 목욕탕이 생기죠 여기저기 새로 생긴 목욕탕 찾아다니죠 배수관 앞 한 낮의 태양은 그림자마저 잡아먹죠 흔적은 소리도 나지 않죠 나무 위에서 애타게 부르는 흡흡흡 딱딱한 자동차 바퀴 자국을 부리로 콕콕 발로 긁죠 몇 번 날개 파닥이니 부드러운 웅덩이 되었죠 몸을 담그죠 오랫동안 씻지 못한 날개 겨드랑이 냄새 씻어내죠 응응응 사방 눈치를 보죠 멋진 왕관을 노리는 눈이 어디선가 지켜보고 있을 것만 같아 흙을 퍼 올리며 머리를 감죠 배수관이 옆에 있어 입을 닦기에는 안성맞춤, 다시 푸르르 몸을 뒹굴며 분을 바르죠 조금만 더 조금만 더 왕관을 활짝 펼치며 세워보죠 벚나무 위 오디새 한 마리

이 옷은 목이 높아서

　고비백화점에서 캐시미어 코너를 둘러본다 겨울에는 베이지 칼라가 따뜻해 보여 티셔츠, 코트, 카디건, 머플러, 숄 매장을 둘러보는 동안 채원은 반응이 없다 이 티셔츠 잘 어울리겠다 이건　아님 이 코트는　이 옷은 디자인이 별로야 이 옷은 색상은 좋은데 사이즈가 없네 이 옷은 그 사람 취향이 아닐 것 같아 그럼 회색머플러는 어때　벌써 세 번째 매장을 돌고 있는 중이다 손이 야무진 채원은 수없이 I에게 옷을 입혀 본다 두툼한 안감을 덧댄 베이지색 가디건을 좋아할 것 같애 보드라운 손이 가디건 포장을 부탁한다

　초겨울, 액자 속에서 백합꽃 가디건을 입고 환하게 내려다보며 웃고 있는 I를 본다 무릎이 꿇어지지 않는다

돌방하다*

1

안개 속으로 들어가요 처음부터 목적지가 없었던 것은 아니에요 직선은 정말 알 수 없는 방향이었어요 희미하게 보이는 수직 기둥들과 맞닥뜨릴 때 파도가 달래 주었어요 하늘도 바닥도 길도 동그랗기만 한데 양수 속에서 살다 온 나는 희미한 미로의 동그라미를 빠져나갈 생각은 잊어버렸네요 꽃 속에서 살던 벌처럼 꼭 그랬어요

2

개처럼 화단 주위를 뱅글뱅글 돕니다 중심에 있을 땐 중심인 줄 몰랐어요 돌아보니 늘 죽음이었네요 한 평 남짓 돌방하게 생겼네요 상두꾼의 발자국 에효 에효하며 도장처럼 찍히네요 모든 발자국 한 곳으로 모여드네요 돌림 노래 같이 불러요 돌다리 똑, 똑, 건너갑니다

3

닫힌 꽃 속에서 잠자고 나오는 벌을 보았을 겁니다

* '동그랗다'의 경상도 지역어

0110

해 떨어지고 있다 기와지붕과 소나무 오른쪽 산 뒤로 진통이
시작된다 잘린 엄지처럼 상처는 서서히 검어진다 하루가 굳어
지는 시간 기와지붕이, 소나무가 산이 굳어진다 검은 것들 커
피 잔 속에 고였다가 찢어지는 통증 물컥물컥 태반처럼 쏟아
진다 테이블이 왼쪽을 가리키고 왼쪽으로 조금씩 환해진다 보
름달이 떠올라 서서히 자작나무 검은 미관을 지나가고 있다
해를 삼켜 달을 잉태하는 하나의 공간

블루베리스무디

끝없이 펼쳐진 보라

언덕에 핀 자운영 꽃길 따라 블루로드 펼쳐진다 스무드하게
이어진 곡선 깊고 좁은 외길 유리 너머에는 빛이 지평선 되었
다 수평선 되었다 하지 유리구두 너머는 크게 보이기도 하고
작게 보이기도 하지 안과 밖은 다르지 안과 밖은 같지 나를 사
라지게 만들지 또 다른 세상을 만나게 하지

정오를 자르고 있어

원탁테이블에, 대여섯 명의 목소리, 들린다 테이블에, 커피
잔 닿는 소리, 왼쪽으로 돌아가는, 요즘 뭐해 먹니 굴이 제철
이잖니, 너무 챙기는 거 아냐 의자 소리 나고 발자국 소리, 사
라진다 우리는, 분위기를 위해 모텔에 가지, 온도가 닮아가는
최고의 장소, 필수품은 엑스터시, 재즈 음악 흐른다, 숨통이
조여들다 터지는, 혼자서도 이룰 수 있어

원위치 목소리 밀어내는, 오후 조각케이크의 칼 틈

보라 가득
그가 내게 들어온다

얼룩자주달개비꽃

　무엇이라도 끌어당기지 기타 줄에서 튕겨 나온 화음처럼 씨줄과 날줄의 신경을 건드려 음을 만들지 여기 건들면 미가 꿈틀거리고 저기 당기면 시가 불퉁거리는 레든 솔이든 중요하지 않아 움직이면서 뿌리가 있다는 것을 알려주지 봉오리 드러낼 때 되었지 하얀 줄만을 두드리지는 마 그 옆에 검은 줄도 있잖아 손가락 보이지 않을 때까지 회색 될 때까지 달려 보는 거야 공명의 뱃속에서 벗어나야지 걷고 뛰고 퉁겨 끊어져도, 나무에서 우듬지까지 둥지에서 북극성까지 팔 목 어깨에 꽃, 피어나지

목관

커다란 목관에 담겨 나왔다

그, 뽀얀 얼굴 게 속살과 닮아있다 사고로 한 쪽 다리 잃은 이후 평생 의족에 의지하며 옆으로 걸어왔다 불이 꺼진 저녁이면 의족을 벗어 윗목에 놓고 옷으로 덮어 두었다 아침에 눈을 뜨면 항상 그의 주변은 말끔했다 비가 오는 날이면 통증을 견디기 위해 못을 박았다

하늘 향해 버둥거리던 다리들 고요하다 창문에 빗방울 흘러내린다 게의 붉은 몸 술 먹은 그의 얼굴 닮아있다 게 다리 하나 뜯어 속살 뺀다 껍질만 남은 빈 다리통이 그의 의족 같다 밖을 빠져나온 다리를 껍질 속으로 밀어 넣는다 다리통을 빠져나온 살 사이로 비가 거세게 퍼붓는다

파키스탄

　- 난민

　대파를 뽑아 소금에 절인다 하얀 뿌리부분이 수직으로 빳빳
하다 깊숙이 바닥으로 찔러 넣는다 누르는 힘을 거부하듯 이
내 치솟는다 태양에 팔이 오그라드는 것도 견딘 몸, 한 번 뒤
집고 두 번 뒤집고 세 번 뒤집는다 녹색 잎 지칠 대로 늘어졌
다 굵은 뿌리 잃어버린 고향 바람 끝까지 잡고 있겠다는 듯 정
신줄 놓지 않는다 줄을 잡고 장벽을 오른다 저 너머에 흙이 있
다 친구가 있다 애인이 있다 이 장벽은 어디에 쓰이는 것인가
사람들을 마을을 도시를 가로지르는 장벽 아무런 차이도 없는
이곳을 왜 그어 놓았단 말인가 비를 맞으며 차가운 자갈 위에
서 밤을 샌다

누군가
먹고 싶은 오후 ___김뱅상 시집

이분열적 세계의 자폐적 응시와 언어의 바코드

권 성 훈

(문학평론가, 경기대 교수)

이분열적 세계의 자폐적 응시와 언어의 바코드

1.

일상적이고 관습적인 시로는 복잡한 세계를 구현하는데 한계를 보여 왔다. 그동안 계몽이라는 깨달음과 낭만이라는 이상이 지향했던 시 정신은 근대로 밀려나면서 그 사이 시는 수많은 형상으로 출현했다. 시대정신의 부재 속에서 그 여백을 채우고 있는 이른바 현대시는 새로운 담론의 생성보다는, 자기 스스로를 이상으로 삼고, '자아 이상의 언어'로서 실존을 드러내고 있다. 그것은 개인 간의 소통부재와 공동체 의식의 결여가 가져다 준 결과로서 세계의 주체는 타자가 아닌 자아로부터 개시된다는 것을 의미한다. 요컨대 다양한 가운데 분리되고, 분리된 가운데 다양하게 감춰진 계층 간의 구조 속에서 시는, 기존의 창작 기법으로 결렬한, 삶의 현장을 매개하는데 역부족이었다. 또한 우발적이고 예측불가능 한 세계에서 조화로운 방식의 언어로는 금기와 배반의 세대를 담아낸다는 것은 불가역적일 수밖에 없었기 때문이다. 현실의 모순과 언어의 경계를 타파하면서 생겨난 모더니즘 시는 근대의 한계를 극복하기 위해 전위성을 확보하려는, 사고보다는 직관에 의존하면서 '감각과 실험'으로 '불균형을 파괴'하고 '근대적 안이성'을 폐기해 왔다.

　김뱅상 시인의 이번 시집은 자아 시선의 끝을 보여주면서 현대를 표상하는 역할을 수행하는데 있는 듯하다.　그의 시는 언어 안에서 언어를 통과하면서 감각적으로 사유하는 모더니즘의 시어로 채워져 있다. 이 가운데 시인의 시선은 가시적인 것과 비가시적인 것 사이에서 출몰하면서 안과 밖의 경계가 모호한 세계에 대한 의식을 나타낸다. 이럴 때 시적 언어는 전체가 배제되거나 대상이 삭제된 부분적이고, 분리된 몸의 시선으로부터 온다. "몸은 안일까 밖일까 안과 밖은 헐렁해 구녕 옆에 구녕을 판다 안 밖 가리지 않고 뚫는다 밖이라고 뚫으면 안이 나오고 안이라고 뚫으면 밖인"(「그게」) 주체가 인식할 수 없는 꿈의 터널처럼 안이 밖이 되고. 밖이 안이 되는 것과 동시에 안과 밖이 처음부터 없었던 꿈의 세계로 나간다. 이 시편들의 발화점은 시적 대상을 보여주는 것이 아닌 반대로 시적 대상이 시인의 의식을 지배하면서 현시되고 있다는 것에 시적 특이점이 있다. 마치 대상―그것이 시인을 응시하고 있다는 점에서 '그것이 보여주고 있는 것'을 포착할 뿐이다. 그러나 대상은 전체를 보여주지 않고 일부를 응시할 때 "무의식 상태에서 가장 큰 생산자"(「바코드」)처럼 어디에도 있지 않으면서 어느 곳에나 있는, 불균형적인 세계의 모순을 "쉬이 접근 할 수 없는 좁은 계곡"(「발톱을 위한 추모」)의 시선으로 발견하게 한다.

　또한 "한쪽은 길고 한쪽은 짧은 언밸런스"(「원피스」)한　시적 구조는 '분열적 시선'과 '장시의 방식'으로 세계를 응시한다. 분열은 절단되어 끊어진 것이지만 장시는 긴 형태로 이어져 있다는 점에서 상충적 구조와 양면적 의미를 가진다. 이 분열적 시선은 사물에 대한 분리 속에서 전체를 부분으로 절사하면서 나타나고, 장시의 방식은 언어에 대한 압축의 배반으로 현시된다. 그러나 공통적으로 시적 내용에서는 조각난 현실에의 탐구와 그것을 언어로서 봉합하려는 환유적 상상력이 가미되고 있다. 특히 긴 분량의 장시를 통해 시가 가지는 압축미를 절제하는 것은, 시에 대한 반역이 아니라 자동화 된 짧은 시 창작술을 넘어서려는 의도로 여겨진다.

한편 짧은 시의 창작 방법은 보편적이고 절대적인 것이 아니라 관습화되고 학습된 것 일뿐이다. 그간 미덕으로 여겨왔던 이러한 기계적인 창작에의 틀은 현대시에서 지양해야할 덕목이라는 점을, 그의 시집에서 파악할 수 있다. 이른바 압축으로 특수한 사실들을 현현할 수 없을 때, 행간의 압축을 환유시키면서 짧은 시들이 가지지 못하는 미학적 특성을 장시로서 수확하게 된다.

2.

김뱅상의 시편에서 살펴볼 분열적 시선은 자크 라캉이 말한 경험의 한계에서 비롯되고 그것은 결여와 불안 속에서 구성된다. 요컨대 "제가 주목하는 분열은 우리가 현상학적 경험의 지향성을 따라 세계로 향할 때 그 세계로부터 어떤 형태들이 부과된다는—바로 이로부터 우리가 가시적인 것에 대한 경험 속에서 만나게 되는 한계가 유래한다. 응시는 우리의 지평에 나타난 경험의 막다른 골목, 즉 거세불안의 구성적인 결여를 상징하는 것으로서 기묘한 우발성이라는 형태로만 모습을 드러낸다."[1]고 했다. '분열적 증후'를 가진 김뱅상 시 역시 시적 응시가 표상하는 형체들의 관계 속에서 언어의 층에서 언어의 층으로 미끄러지지만 통과되고, 거기서 파생된 언어의 표피 속에서 새로운 의미가 전달된다. 이러한 의태 현상 속에서 번진 얼룩이 언어화되는 것이라는 점에서 그의 분열적 증후를 가진 시는 마치 무의식의 반점처럼 '언어의 바코드화' 되어 있다고 볼 수 있다.

그의 시에서 '언어의 바코드'는 하나의 결여를 상징하는 어떠한 놀이로서 우발적으로 조응하게 한다. 그것이 눈과 응시의 분열로서 충동적으로 나타나는데 "우리의 놀이는 건전하지"(「건전지」) "팔찌 채워줄까 손목이 잘려 나가도 괜찮겠니 발찌도 채워줄까 너의 다리를 날려 버릴 수도 있지 네 눈동자 내 심장 요동치게 해 터져버리면 어쩌지"라고 기묘한 접근방법으로 존재론적 전환을 응시한다. 이것은 「지스팟」처럼 자신의 것이면서 자신이 볼 수 없고, 자신의 경험이면서 환상적일 수밖에 없는 영역 안에서 이루어진다. 그것은 "강약에 따라 길고 짧음에 따라 높고 낮음에 따라 모두 다른 맛을 내는 것" 같이 "가장 낮은 것들은 가장 높은 꼭대기를 향해" 마치 '불꽃이 불꽃'을 향해 가는 그 어딘가에 그의 시는 있다. 그러면서 "목을 절단하고 싶었

---

1. 자크 라캉. 맹정현 등 역. 『자크 라캉 세미나 11권―정신분석의 네 가지 근본 개념』. 새물결, 2008, 115쪽.

는데 머리카락을 잘랐어요 손 안에 가득한 피가 욕실 바닥으로 흩어져요 흥건하게 흩어진 것을 보니 마음이 조금 가벼워졌어요 왼쪽 머리를 날려요 거울 속에 난 짚수세미 같아요 아무도 알아보지 못해요 재 한 줌 뿌려 준다면 더욱 모르겠지요 뿌연 오물이 뚝뚝 떨어져요"(「중음中陰」)와 같이 단순한 현상학을 벗어난 의태의 분열적 시선으로 세계를 바라본다.

> I
> park
> 201
> 　고층운이 밀고 있다
> 　　　　　　　바람이 분다
>
> 떨고 있다
> 　　　벗나무들
> 　　　　　　매미들
> 소리 지른다
>
> 중심을 놓치고
> 　　　　　벤치를
> 잡는다
>
> 아주
> 　　잠깐
> 　　　　잠깐
>
> 지구를 돌린다
>
> 　　　　　　　　　　　　－「솔릭의 눈」전문

```
            ♈ ♈ ♈
         할 ✳ 아 ✳ 버 ✳ 지
        상 투 ★ 잡 고 놀 ★ 지
      ★오 르 지 못 할 나 ★무★에 올 라
              나 ☆
               무 ☆
                흔 ☆
                 들 ☆ 지 가 시 나 무 ★
    허 리 곡 선 즐 ✳ ☆ 기 ★지 음 모 의 시 간 불

        ✳ 지 르 지 ★오 늘 도
                이★
                 목 ★
                  구 ★
                   비 ★ ★ 같 은
      ✳ 가 수 들 이 나 와 입 ★★ ★ 을 모 으 지 똑 ★★
      같 은 춤 ★은 말 풍 선 되 어 터 ✳★ 지 지 저 녁 뉴 스
    와 아 침 뉴 스 는 ★ 한 결 같 지 오 리 고 기 대 신 야 ★
  채 가 당 기 는 데 ☆ 야 채 는 없 고 먹 다 남 은 오 리 고 기
는 밧 줄 같 지 줄 을 타 고 올 라 간 참 외 는 뽕 ✳☆ 나 무 에 서
자 라 지 노 란 진 드 기 도 붉 ✳★은 피 식 상 해 덜 뜯 ★ 지
✳ 황 소 불 ✳★알 ★에 붙 어 빠 는 일 도 상 투 적 이 지 ★남 북
 단 일 팀 은 남 북 메 ★ 달 ★팀 으 로 가 지 황 ★ 금 ★들
 판 참 새 들 ☆ 와 르 르✳ ✳ ★ 수 수 밭 에 서 ✳
   아 ☆ 이 ☆ 스 하 키 하 지 쑥 대 밭 이 룬 참 새 들 의
   승✳ 리 ★ 지 빨 리 도 망 가 라 허 ★ 수 ★아 ★비
   쫓 아 오 지★ 김 삿 갓 상 투 ✳ 는 ★ 식 상
    하 지 않 았 나 ✳ 번 개 는 ★ 마 른
     하 ✳ 늘 ✳에 서 파 격 적 ★으
      로 내 리 지 ✳
        ★ 슈 ★ 웅 ★
          ★ 슝 ★ 슝 ★
```

- 「폭죽」 전문

위의 문자와 기호, 그리고 부호와 이모티콘으로 구성되어 있

는 시편은 생경한 기표들의 나열로 보이지만 분열된 세계의 모호성을 보여준다. 또한 낯설기 방식을 취하면서 나름대로의 일정한 규칙과 기표들의 조합은 융합적 의미를 내포하며 새로운 방식으로 새로운 세계를 마주하게 한다. 여기서 기표는 시적 대상을 이미지화하면서 화자가 대상을 바라보는 것에 있는 것이 아니라 대상이 화자를 응시하는 것을 화자가 되돌려 주는데 있다. 분명한 것은 불안한 현실을 조각난 것으로 전체적인 세계를 조감하는데 이 시편들의 비밀이 숨겨져 있다.

「솔릭의 눈」은 태풍의 눈을 말하는 것으로서 태풍의 눈은 안쪽으로 갈수록 풍속이 증가하나 중심에는 하늘이 맑고 바람이 없는 고요한 상태다. 이 시 1행에서 3행까지 "I park 201"의 분절은, 201호에서 화자가 바라보고 있는 태풍이 아니라 태풍이 화자를 응시하고 있는. "I park 201"를 의미한다. 아파트 기표—공원 속에서 화자를 응시하는 고요한 태풍의 눈을 중심으로 형상화된다. 그것은 1행 'I'라는 눈이 바로 정상에서 아래로 투사된 태풍의 눈을 기호화 한 것이다. 이를테면 마지막 행 '지구를 돌린다'에서 1행까지의 기표들을 순차적으로 보면 기표들이 2층의 구도로 되어있다. 그러면서 '고층운이 밀고 있는 바람'과 '떨고 있는 벗나무들 매미들'의 불안함은 불안전한 세계를 수렴하면서 '중심을 놓치고 벤치를 잡는다'는 구체적 이미지를 확보한다. 그것은 "하늘에 낮달이 내려다보고"(『19페이지의 노란별』) 있는 것처럼 "눈을 감으면 보이고 눈 뜨면 보이지 않는"(『피핑톰』) '세계의 관음증'을 엿보게 한다.

'폭죽'은 불꽃놀이를 할 때 사용하는 것으로서 이 시에서 분열된 이미지로 묘사하면서 실제 전체를 조감했을 때, '폭죽' 형상을 「폭죽」이 담고 있다. 또한 가시적으로 볼 때도 1행 "Ϋ Ϋ Ϋ"은 폭죽 이미지를 그대로 사용한 것이며, 2행 과 3행 "할 아 버 지"와 "상 투 잡 고 놀 지"는 폭죽과 할아버지의 응시로서 놀고 있는 어리석은 세계 안의 모순성을 발견하게한다. 그것은 이 시에서 '음 모 의 시 간 불'이며, '말 풍 선'이며, '노 란 진 드 기'이며, '허 수 아 비'라는 점이다. 말하자면 "밤은 까만 어둠으로/향기롭고 깊은 나락으로 이어"(「Monami 1530.7」)져 있는 것과 다를 바 없는, 자기 덫에 걸려있는 세계의 문제를 드러낸다. 이러한 분열은 어긋나 있는 세계의 형상이며, 그것은 김뱅상의 시에서 조각난 환유로 채워져 있음을 발견하게 된다.

3.

그의 세계에 대한 분열적 응시는 시대의 불안과 모순에서 촉발되는 것처럼 긴 호흡으로 쓰여 진 장시 역시 그러한 세계관을 담보로 창작되고 있다. 그의 장시는 사물에 대한 유희성과 냉소적인 세계에 대한 비판을 표층에 가진다. 내러티브 한 내용적 전개로 부분과 부분의 결합을 의도적으로 배치시키면서 또 다른 의미의 파생을 상정하게 되는 것은, 이러한 장시의 구조로부터 작동된다. 시어와 시어 사이의 의미 연결을 시도하면서도 단절시키고 비약하면서 약진의 시어로서 활용하고 있다. 이것은 짧은 시들의 자동화된 의식을 벗어난 시행의 배열로서 이미지적인 효과로서 파편화된 세계의 인식을 구체화시킨다. 정자를 소우주로 보는 「정관」처럼 봉합되지 않은 세계 안의 "걸어 다니는 소우주 정관들/고개 숙인 정관, 웃는 정관, 팔짱끼고 가는 정관, 뒤돌아보는 정관/팬티를 고르는 정관, 콘돔을 사는 정관, 아이를 안고 뛰어가는 정관/늘 머리에는 살아 꿈틀, 거리는 우주를 건설 중이다 /모든 길은 정자로 이어져 있다"는 것이다. 단어를 열거하는 이러한 시작법은 자연스럽게 의미의 재배치로 이어지면서 꿈틀거리는 "그게 숫자만 나열된 것"(「봄의 숫자」)이 아니라 겨울을 쏟아내는 봄의 햇빛처럼 "내가 흘린 건 103444개의 눈물방울"로서 시인의 시선을 통해 우리는 그 하나 마다 가진 개별적 사물들의 이미지들을 보게 된다.

　　　사각투명 안, 나만의 블록 쌓아요 흑갈색 가시거미 흔적을 남기죠 거미줄을 먹기도 해요 줄을 감아 빙글빙글 몸을 돌려요 날개 퍼덕여요 까치발 들고 짧은 다리 긴 몸 마음대로 움직이며 소리쳐요 내게로 오는 것 멈추지 않아요

　　　수백 마리 별들 다리 위로 올라가요 가는 곳곳 따라와 소리치며 웃어요 별들 몰리는 소리에 기뻐 손뼉 치며 뛰어요 별들이 몸을 간질여요 몸을 말아 뛰어내려요 별들이 사라졌어요 가만히 다리를 펴요 조금씩 줄을 따라 걸어가요 난, 남다른 몸짓으로 기쁨을 발휘하는 환한 소년이에요

　　　　　　　　　　　　　　　　　　　　　－ 「자폐」 전문

　　그의 시에서 자주 등장하는 낯선 기호와 숫자들은 분열적 시선으로 자폐적 의식을 가지고 있지만 이것이 도달하고자 하는

것은 세계에서 벌어지는 실재와 현상에 대한 시인의 일원론적 해석이 두드러진다. 현상과 실재에 관한 시인의 인식은 궁극적으로 현상과 실재가 별개로 존재하는 것이 아니라 하나로 연결되어 있다. 그에게 실재하는 것은 현상인 사물들을 포함하고 있으며, 현상 없는 실재란 존재하지 못한다는 것을 표명하는 것이다. 마치 '사각투명 안'에 놓인 이 세계는 "나만의 블록 쌓아요"라고 말할 수 있지만 결과적으로 "흑갈색 가시거미 흔적을 남기죠" 실재하는 것은 현상을 남길 수밖에 없다. 이와 같이 현상과 실재는 동전의 양면처럼 놓여 별개가 아니면서 다르게 존재하며, 현상이 실재가 될 수는 없으면서 실재는 현상으로서 현존한다. 이처럼 동전의 구조를 볼 때 한쪽이 없으면 반대쪽은 가치를 상실하게 됨으로 어느 한쪽만 존재한다고 해서 완전해 질 수 없다.

나아가 그의 시편은 세계의 실재를 맹목적으로 부정하면서 '현상의 도그마'에 빠져 자기가 쳐둔 '거미줄'을 먹고 있는 아이러니한 '자폐적 실재'를 묵도하게 한다. "줄을 감아 빙글빙글 몸을 돌려요 날개 퍼덕여요 까치발 들고 짧은 다리 긴 몸 마음대로 움직이며 소리쳐요 내게로 오는 것 멈추지 않아요" 그것이 죽음에의 부메랑인 줄 모르고, "수백 마리 별들 다리 위로 올라가요 가는 곳곳 따라와 소리치며 웃어요 별들 몰리는 소리에 기뻐 손뼉 치며 뛰어요 별들이 몸을 간질여요 몸을 말아 뛰어내려요 별들이 사라졌어요 가만히 다리를 펴요 조금씩 줄을 따라 걸어가요 난, 남다른 몸짓으로 기쁨을 발휘하는 환한 소년이에요" 환상의 넋에 걸려 있는 나르시시즘을 보인다. 이 환상의 나르시

시즘은 실재가 아닌 현상에 불과하며 거기에 매몰된 자의식을 표상하며, 그것은 '현상의 감옥'에서 실재에 도달하지 못하는 현대인들의 자아상이라는 점이다.

4.

살펴본 시편은 금기와 배반의 모순된 현실에 대한 경계를 극복하기 위한 전위성이 두드러진다. 그것은 그의 시편에서 '분열적 시선'과 '장시의 방식'으로서 세계에 대한 분리 속에서 전체를 부분으로 절사하기도 하고, 언어에 대한 압축의 배반으로 내러티브하게 절단된 사유의 결합을 유도하기도 한다.

거기서 현상과 실재로서 근원적인 존재성을 나타내고 있는데, 있는 것과 보여 지는 것은 동전의 양면처럼 대척점에 있지만 음영처럼 붙어 있는바, 실재는 현상으로서 현존하고 있다는 사실이다. 이것은 시인의 선험적인 의도이자 시세계를 구성하는 방법으로서 조각난 현실에의 '분열적 탐구'와 '장시의 봉합'으로서 타파하려는 시도라는 점이다. 이를테면 "병원 침상에 누워 있는"(『세계우주클럽』) 세계라는 실재를 언어라는 현상으로 가공하는데, 자아와 타자의 정신적 고통을 분열적으로 해석 하면서 세계에 대한 언어적 저항으로 병리적 증상을 돌출시킨다.

김뱅상 시인의 이번 시집은 무엇보다 "주체할 수 없는 몸은 중심을 잃어가고"(『Explore your life』)있는, "안과 밖은 다르지 안과 밖은 같지 나를 사라지게 만들지 또 다른 세상을 만나게 하지"(『블루베리스무디』)라고, 구별되는 안과 밖의 현실에서 구분 없는 안과 밖의 분열적 사유에 대한 자폐적 응시를 '언어의 바코드'로 만나게 한다.